思潮社

名井島

時里二郎

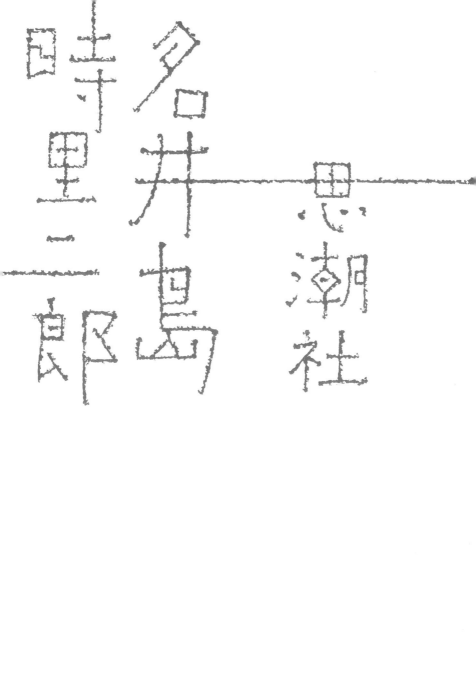

朝狩《あさかり》

植物図鑑の雨の中を　男は朝狩から帰還する
猟の身繕いのまま弓と胡簶《やなぐい》を床に投げ出して
仕留めた獲物を閲覧室の机に置く

それは耳の形状をした集積回路の基板《チップ》の破片
だった　彼の矢が過たずにつらぬいた空《うつろ》が一
点の闇を点している　矢の径よりも小さな基
板を射抜いて　錐眼《すいがん》のごとき仮想の穴を穿つ
技はこの世紀のものではない

傭兵だった男は彼の世紀を逃れてこの図書館に漂着した　ここを住処に自らの集積回路から剝ぎ取られた幼年の記憶の基板を探すために　紙片と眼差しに封じられた累々たる文字の列を追い立てながら　朝狩に発つのだった

男はピンセットで今朝の獲物を丁寧に摘みあげ　小さな闇に眼差しの糸を通して眼を閉じる　穀雨の湿りをにじませて　息づくような森の緑に濡れた基板が微かに震えている

名井島

I

島山

をりくち

そのをりふし
こかいんを鼻腔にしのばせ
かそけき花虻のえんじんを組み込んで
あなたの影法師はぬかるみの地誌にまみれた

驟雨の束を刈り
霧雨をおとがひにあつめ
あをさぎの眼差す吃水線に

しゆんしゆんと綺語が沸き立つ

道にたふるる人も馬も
古石《ふるいし》のふみのひそけさ

雨に濡れ
さるなし
やまぶだうの葉
ゆきなずむ
ここを撫でて
擦り切れた羽のやうに
うたを接いでいく揚力をうしなつて
海のあなた
山のさへ

みのも
かさも
つけず

口を折り
開いた分包から微粒のけぶりたつ薬香にむせかへる
旅寝の
夢の
ほどろ
ほどろに
さあをい穂状の腸《わた》がふるへ
さながら風景の木霊のやうに

島山《しまやま》のさみどりが
斉唱してゐる

＊折口信夫の歌から引用した箇所がある。

コホウを待ちながら

コホウはやつてくるだらうか
稲田の境に立つ柿の葉のそよぎ
穴井の底の水影のくらいゆらぎ

かうして旅のなかぞらに
途方にくれて
コホウを待つ

くさつつむ　いしのつか
ひとも　うまも
みちゆきつかれ
コホウのやつてくるのを
待つてゐたのだらうか

コホウのことはわからない
素性を隠した神仙の名のやうにも思へるが
路傍の小さな祠に住む名もなき神のしはぶきにも聞こえる

すべなくて
小さくコホウを呼べば
いつそうさびしい現身《うつそみ》のわれとなり

かつて〈コホウ〉と口うつしに言はせた少年の
うすいくちびるのかたちに開いた
あけびの花の香のする方へ
わが旅程はねぢれ

胸のつかへをうたによみ
うたの空虚をうつしうつし
脛の痛みに紛れて寄りそつてくる
かそけさの影には気づいてゐても
コホウはそこにゐない

すれ違ふひとも絶へ
驟雨にぬぐはれた島山を見晴るかす馬がへしの道を
やつてくるもののやうに歩く

コホウのやうに歩く

＊折口信夫の歌から引用した箇所がある。

島の井

山羊のゐる家を過ぎて
島の井に寄つたのはきのふ

穴井の底の暗い水影から
まだもどらないわたしを待つて
けふが過ぎる

この島では

山羊の数だけのよろこびがあると
教へられたが
人のうれひについては
だれも口にしない

目覚めつついまだ夜深く
荒浜に出でて
なほも帰らないわたしをうたふ

あすは半島のさきの
きのふの島の井の水の行方のはて
山羊ひとつなく漁の住まひに
島をみなの尻のやうな甕の底をのぞきに行くだらう

わたしといふ舫《もやひ》の先に
すでに舟はなく
島も見えないといふのに

＊折口信夫の歌から引用した箇所がある。

島のことば

*

言い争う声が聞こえた
島のことばは　さっき森で聞いた鳥の声に似ている

この島には
ことばをめぐる争いしかない
親に与えることばをどの程度粉砕すべきかについて

犬にやる餌のことばの大きさについて
鳥の詐欺罪を論証することばの可否について
また　次の便でやってくる言語採集船に許可すべきことばの総量について

わたしには鳥の声にしか聞こえないので
島の時間は進まない

通訳に頼むと
わたしのことばは
この島の森にいる鳥の声に似ていると
島の人は言っているそうだ

＊＊

使用済みのだれかの記憶を抹消したものにわたしたちの記憶は記録されるのだろうか
時々消去しきれなかった痕跡のようなものがわたしの記憶ににじむ時がある
自分の境遇や　体験や　履歴からは決して辿れないその痕跡にとまどうことがある

この島　今ここにいるこの島ではないこの島にいたという記憶の耳
「島は半島の記憶において島である」
通訳が困ったような顔をして島の子どものことばをそう直訳してくれた
まさか子どもが言うようなことばではない
しかし　通訳は真顔で次のように意訳してくれる
「島は記憶の捨て場である」
「半島」は島では「黄泉」の俗語として使用される頻度が高いが　そう解釈すると
自分たちは「黄泉」に連れて行ってもらえなかった記憶だと言うのだ

島では　ことばは純度の高い記憶にまで煮詰められている
それゆえに島のことばは年齢差も性差もなく、文法も語彙も、交換と循環の交通路を
絶たれて島ごとの変異が際だっている

通訳

丸木舟を使って島から島へ移動する
ほんとうは舟を使わなくても
水の上を歩いて渡れるのだと島の人は言う
それでも舟を使うのは
舟はことばを運ぶものだからだ
ことばを持つものは
舟でないと他の島へ渡れない

もともとことばだけが丸木舟で移動した
「空ろ舟」とでも訳せようか
「空ろ」というのは
ことばが充ちているという謂いである
と通訳は付け足した
それは「カミ」をのせた舟のことではないのか
と通訳を通して島の人に尋ねたが
「カミ」をどう訳したのか
別の話に変わってしまった

*

わたしたちは山羊がしばしば海の上を歩くのを見ている
ことばを脱したものだけが水の上を移動できるのだ

ことばを持つことは
他の動物と比して優位のしるしではない
むしろ早く身から引きはがしたいとさえ願っていると
通訳は山羊を見ながら
教えてくれた

島の人がそう言っているのかと尋ねると
おれの感想だと
不機嫌に答えた

＊

そう言えば
たまに

島影から
空ろ舟が流れていくのを見る

あれはどこにも着かない
と通訳がわたしに言う
島の人がそう言っているのか
と通訳に言う
言ってしまってからしまったと思う

「言わなくともわかる
ことばは島の外に捨てられるのだ
人が死ぬと
人に詰めてあったことばのいっさいは
舟に積んで流すのだ

ことばは人のものではない
借りたものだから
返すにしくはない」

島は何処にあるのか
皮肉っぽくわたしは通訳に聞いた
「おれのことばのなかに」
通訳がわたしの理解できる言語で話したことばのなかにあると言う

わたしが島にたどり着くためには
通訳との契約を解かねばならないと心に決めているが
通訳はわたしのことばであり
わたしのことばとの契約を解くということは
わたしが島の人になることにほかならない

わたしが島の人になれば
島のことばやそこに仕組まれた島の人の宇宙観を解読する意味はどこにあるだろうか
島の人になればわたしはいずれそれらを理解するだろう
しかし　それを島のことばで
誰に語る必要があるだろうか

そうやってまた一日が暮れる
わたしとわたしの通訳とよく似た二人連れが
島にやってくる夢を見るようになった
夢のなかで彼らのことばがわたしにはわからない

雲潤《うるみ》

半島の突端へは
雲潤の森を抜けてゆく

籐籠に入れてきた通訳は
栗鼠の身体をもっているせいで
森に棲む在来種の栗鼠の言語の踏み音が障《さわ》るせいか
そのたびに
しゅっ　しゅっと

邪気を払うように
声にならない気配を立てる

＊

森といっても何も見えない

雲潤はわたしがいることで生じる気象だから
半島の静脈を浮き立たせる白い隘路を読み取るには
目はあかるさだけを受け入れればいい
ほかは耳にゆだねて　と
栗鼠の通訳は言う

靄のいき

風の種
空《そら》の実

うるみから
くるみへ
ぽつり　ぽつりと
言語のひかがみをさすりながら
耳にうつりこむ雲潤の森を抜けてゆく

*

うるみと名付けられた島が

この島嶼のなかにあると
通訳の栗鼠に誘われて
半島の突端にようやくたどりついたが
ながめやる海上に
島などひとつもみえなかった
どこまでも透明で
空と海のあわいも
どこまでも深くたどることができる

見はるかすうみのうるみ

栗鼠の通訳がそう言ったのを
空耳のように聞いた

しゅっ　しゅっと
舌に息をなめしながら
栗鼠を呼んでみたが
返事はなかった
背に負う籐籠に
胡桃の実がひとつ
摘まみ上げると
栗鼠の記憶が微量に付着していた

II

夏庭

夏庭1

　庭を眺めて一日を暮らす生活は苦痛ではなかった。籐椅子に身を横たえて眺める庭は、しかし手入れされた庭ではない。びっしりと植物が茂って、庭に下り立つこともできない。庭の果てはあるのだろうか。あるいは、どこかに境界のようなものがあって、影像的な処理がほどこされていて、果てがないように見えているだけのことかもしれない。そう考えないでは、このコロニーが広大であるとはいえ、収容されているわたしたちが二、三十人程度で、誰ともほぼ毎日顔を合わせることを思えば、牧場のような広さの庭がそれぞれの家に附属しているとは考えにくい。しかし、少なくともわたしの目には、果てのない夏草の庭に見える。
ゆるやかな監視の気配はあったが、コロニーが柵で囲まれていたり、守衛が厳重にチェックするゲートが設けられていたりしているわけではない。画一的な一戸建ての建物の飾りのない簡素なたたずまいに、《機関》の施設に共通した特徴を見出すことができるほかは、静かな郊外の居住区という印象が強いだろう。

このコロニーを「夏庭」と呼ぶ。わたしたちは「なつのにわ」と呼んでいるが、《機関》による正式な呼称は「カテイ」である。「夏」があるからには、「春庭」、「秋庭」、「冬庭」と四季に応じた施設が存在する。そのうち、「冬庭」はコロニーではない。わたしたち《ヒト標本》専用の墓地である。ただし、わたしたちのすべてが、「冬庭」に葬られるわけではない。厳選された《ヒト標本》だけが埋葬される。勿論それには理由がある。「冬庭」はただの墓地ではない。《機関》の研究施設でもある。役割を理想的にまっとうした《ヒト標本》

のあらゆる履歴やデータは、次の世代の《ヒト標本》の研究に生かされるわけである。

「冬庭」に送られる標本は、「秋庭」に収容された者たちから選ばれる。「秋庭」は言わばリタイヤした《ヒト標本》の余生を送る施設であるが、ここに入れる者も厳選されるのは言うまでもない。今はそのこと以外はわからない。

「春庭」は、ここにいるわたしたちのだれもが入る研修施設である。そこで《ヒト標本》としての必要不可欠な研修が施される。そこでの思い出もたくさんあるが、それもいつか記したいと思っている。


「夏庭」では、《庭師》と呼ばれる役割の男女が、わたしたち一人一人についている。

《庭師》は最初の挨拶で、わたしはあなたですと言った。

ここには、影はない。「夏庭」の大気や光は永遠の層にある。それは、非常に暗喩的な意味合いがこめられているようだ。

影はわたしたちを内省的にします。影に気づくことによって、わたしたちは、みずからの存在を反省的に触知する。しかし、それは文字どおり、わたしたちの存在を脅かす影。

コロニーでは、あなたの影がわたしなのです。

　この庭に生い茂る夏草には、むせるような匂いや温気はない。そのように見えるだけである。庭には入れないが、近くの草なら手を伸ばして手折ることができる。今わたしが手にしているのは、チガヤの白い穂。

「Imperata cylindrica（L.）P.Beauv.　単子葉植物イネ科チガヤ属の植物。原野や堤などに普通な多年草。地下茎は細く、長く、横にはう。初夏に穂を出し、穂はまっすぐに立つ。全体に絹白色の綿毛に包まれ、よく目立つ。種子はこの綿毛に風を受けて遠くまで飛ぶ。〔分布〕温帯から熱帯。北海道、本州、四国、九州、アジア、アフリカ。」

わたしは「植物図鑑」のチガヤの項目を声に出して読む。それから庭師と、チガヤについての雑談が始まる。なぜ、チガヤを選んだのか。今まで見たことがあるか。あるとすればそれはいつ、何処で、どんな思い出？　尋問の形式ではなく、そうした質問を溶かしこんだ話題が、自然な起伏をつくりながら続いていく。

庭師とともに過ごすこのひとときは、もちろん「夏庭」での重要なプログラムなのだが、話題に誘いこむ庭師の巧みな刺激を心地よく受け入れながら、わたしはいつまでも話し続けていたくなる。わたしの話のほとんどが作り話で、見たこともない人物が現れ、聞いたこともない場所に迷いこんでいく。ええ、兄は男の子のくせに、道端の草の名前はどんなものでも言い当てることができました。ただ、いかにも男の子だと思うのは、必ずその草の学名をまず呪文のようにつぶやいてから、いろいろなことを教えてくれるのです。その学名を口にする時の、得意げな調子の発音が、悔しいことにとても耳に心地いいのです。

庭師は、それが作り話であることをむろん知っている。うそかほんとうか、そういうことはわたしたちの埒外である。なぜなら、《ヒト標本》であるわたしたちには、その原型となるヒトがいるのは当然で、彼の（彼女の）履歴は消去されているものの、それらの履歴を組み立てている神経系の記憶伝達の受容システムはそのまま残される。完全な成人の《ヒト標本》として生きていくためには、「白紙」の履歴ではどうにもならない。それまでの履歴をスムーズに矛盾なく組み立てることができるように、比喩的に言えば、原型となったヒトの《残滓》を断片的に混ぜておくということになる。したがって、わたしの「履歴」も一通りではない。何通りもある。問題は、そうしたことが、ヒトとしてのアイデンティティの障害にまで陥ってしまう不具合をきたす《ヒト標本》が生まれることである。そうした《ヒト標本》を選別するのが「夏庭」というコロニーの役割の一つである。

テーブルの上には、幾冊かの植物図鑑とルーペ、双眼鏡、これは庭に入れないので、遠くの植物を見たり、夏庭にやってくる鳥や昆虫を見るのに使う。それから、読みさしの本、コロニーには図書館も備えられている。

「夏庭」の植物のすべては、言うまでもなく《標本》である。地域性や高山地帯、低山地帯、里、湿原などの環境も取り払われて、無造作に並んでいる。それらのなかからチガヤのように任意のものをこちらが選ぶのが通常だが、時には庭師が選んで、これはどう？と話題を引きだす場合もある。実はそんな場合は、理由はわからないが、決まって胸が高鳴る。それがバルコニーから遠く離れた植物の場合、庭師の指す植物を双眼鏡で探すことになる。庭師と二人、双眼鏡を覗きながら、「ほら、あそこ」「どこ？　ここ？」「そこ、じゃない」「ここ？　ここ？」「そこ　そこ」と囁きあっているうちに、庭師の双眼鏡が覗いている植物の密生した「夏庭」が、わたしの「夏庭」なのだと気づいた最初は、さすがにどきっとさせられた。

＊

この稿は、わたしの語ったことを庭師がタイピングしたものである。本当は庭師の書き上げたものをわたしが目を通して、わたしの文章として認証するという手続きが必要であろうが、それはやらない。これも「夏庭」のプログラムの一つであることは言うまでもないが、庭師の最も重要な任務は、この口述筆記であると言われる。

わたしの話したように、庭師は写しとっていないかもしれない。しかし仮に、庭師がわたしの語った内容とはまるきり違ったことを口述筆記として記したとしても、わたしは庭師の書き得たことばの方に、より近いわたしがいると思っている。

註　「チガヤ」の説明には、『原色日本植物図鑑』（保育社刊）などからの引用と脚色がある。

　わたしの傍らに庭師はいつもいるのだが、庭師のたしなみとして、わたしの視界に入ることは極力ひかえている。もちろん、二人して話す場面もあるわけだが、その場合でも、「夏庭」を前にして、二人は庭の方を向いたまま、目を合わせることはほとんどない。ふたりがそうやって対話する時間は多くはなく、ふたりはお互いに黙しているのが通常の過ごし方である。

　しかし、その時もわたしたちは交信しあっている。ことばではなく、ある種の意識通信とでも言えばいいいか。

声（ことば）に変換するまでの間に、潰えてしまうこうした意識通信では、ふだん下界にいる時には考えもしなかったようなことを交信しあっている。「家族」のこと。《ヒト標本》であるからには、家族などわたしにはない。幼年期も思春期もないのだから、父も母も姉弟もいない。それが可笑しいことに、わたしにも家族があったのだ、ただ忘れていただけなのだと思い始める。

ほととぎすばし　そう聞いたのはわたしだったのか
ほととぎすばし　そう言ったのはわたしだったのか
驟雨のようになにかこころがしめって
さくらがわ
息を合わせたように
庭師と意識が重なった

あなたは　わたしのおとうと？

おとうと

桜川ね、桜川の秘密基地。泳げなかったのよね、あなた。ちいさいときはわたしの言うことをみんな聞いてくれて、素直だったあなたが、いつのころからか、すっかり言うことを聞かなくなった。ずいぶん憎らしくなって、気がつくと、もうあなたに話すことがなくなっていた。

そんなときだったかしら。さくらがわ。あなたがおぼれそうになったのを、わたしが助けたのを覚えている？

あれは、ねえさんがぼくを突いて、深みに落としたんだよ。いまでも覚えている。ねえさんの鼻のつけねのしわ。あ、きつね　と思った瞬間に、深みに足をとられたんだ。

うそよ。

いや、ほんとう。でも、すぐにねえさんは助けてくれた。そのときのねえさんの眉も覚えている。

どうしてこんどは眉なんか。

涙をこらえているみたいだったから、目を見ないように、一生懸命、眉ばかり見ていた。

さくらがわ。なつやすみ。わたしたちは、孤児になった姉弟ごっこをやっていたのよね。

そう、おとうさんもおかあさんもいなくなって、ほととぎす橋の下で生活をするということをやっていた。

へんなきょうだいね。

そう、へんなきょうだい。

さくらがわ。でも、ほんとうにわたしたちに親はいたのかしら。もともと孤児だったのではないかしら　わたしたち。

ほととぎす橋　ここ　やっと思い出したね
ほととぎす橋の下から眺めた桜川の河原

でも
でも　あなた　の　なまえ
あなたの　なまえ

おとうとの名前を忘れるおねえさん　て
いるかしら

さくらがわ
ほととぎすばし

＊

「夏庭」の滞在期間は決められていない。というよりも、だれも自分の滞在期間を指折り数えることはできない。「夏庭」には、時間は流れないからである。正確にいえば、コロニー全体に時間は流れていない。停止している。停止した時空のなかで、わたしたちは生活している。そこで過ごしたわたしたちの時間は、確かに流れているが、朝を迎えるたびに、前日の時間は消去され、巻き戻されている。「夏庭」のコロニーを出る時には、そこで過ごした時間は存在しないことになっている。

ただ、巻き戻された分の幻の時間は、庭師によって記録され、「夏庭」の図書館に保管されている。

朝早く、時間の流れない「夏庭」の草の葉に、露の玉がおりる。その時間の露の玉が消えた時に、わたしと庭師の幻の一日が始まる。

わたしたちの幻の時間を閲覧することができる図書館で、今日、わたしはこの奇妙な姉弟の会話に目を留めた。
わたしはそれを庭師に語った。そのような意識通信が身に覚えのないものだったからではない。(わたしたちの会話も意識通信も消去されるのだからそれは当然のことである。)

さくらがわ
ほととぎすばし

わたしや庭師の記憶から削ぎ落とされてしまったことばであり、場所である。しかし、それらのことばには、他ならぬ、削ぎ落とした痕跡が、わたしの記憶壁の傷のように残されていたのである。

わたしはいずれコロニーを出ていくだろう。入ってきた時とまったく同じ時刻に。とぎれのない、縫い目のないこの連続するなめらかな時間に封じられた幻の「夏庭」の時間の存在すらも知らずに。

しかし、「夏庭」のコロニーを出る時に、再び寄り添ってくるわたしの影が、さくらがわの川面に映り、ほととぎす橋を渡ったことがあると、ためらいもなく今は、言えるような気がするのだ。

III 歌窯

オキナは後鳥羽院の御代、院が隠岐に流罪となって当地に向かう途次、院の御製を密かに口頭で託され、それを都の参議某に伝えるべく命ぜられた随身だが、それを中国地方の脊梁山脈の奥深いこのミズナラの森のなかに「落としてしまった」。オキナは、「忘れてしまった」とは言わなかった。

確かにコトノハが息づくように、ミズナラの色づいた葉が落ちるのにあわせて、おのが身体のいずれからか知らねど遊離して地に紛れたと。不思議にも、それは三十一文字の数よりもさらにさらにあまたのコトノハ、つゆも途切れる様子なく、黄なるナラの落葉に紛れてしまった。それも、ひとときのことならず、次の日も、その次の日も、オキナは、黄や紅に染まる森のもみじのなかをさまよい、鳥の羽が抜けるように身体から遊離していくコトノハの行方に翻弄された。やがて、知らず知らずオキナから遊離していくコトノハが、身体から離れる時に、徐々におのが肉を千切るような痛みをともなうようになった。

オキナはその時はじめて、後鳥羽院の御製の底知れぬコトノハの術の不可思議に気づいたのだった。

あのまま院の歌を身体に抱えておれば、いずれおのが身は持ちこたえられぬことを、オキナの心ならぬ身体が無意識に察知して、毒を吐くように院のコトノハを吐きだしたのではなかったか。

案の定、院の歌言葉は、三十一の数でとどまるものではなかった。それらのコトノハはオキナの心のなかで増殖し、ついには彼の肉をさえ、コトノハに転じようとしていた。かろうじて、永らえたオキナは、気づけば、猿ほどの身の丈に縮み、その身の軽さたるや、ひと指で木の枝にぶらさがることができるほどになっていた。

院の御歌を落としてしまった後も、その魔的な霊力はオキナの身体を去らなかった。代わりに、彼を底知れぬ喪失感の淵に陥れたのである。

御製を賜った時の感無量は、その時にはさほど身にしむことはなかったが、院の車から離れて、鄙の村々を縫って都に急ぐころには、忘れまいとする御歌を繰り返し繰り返し口にし、声にしているうちに、とめどなく溢れる涙に激しく心は打ち震えた。オキナも達磨歌をものする歌よみではあったが、御製は、それまでに聞き知っていたいずれの歌とも異なる、類のない歌の風体をあらわし、虚空の伽藍をさえ包みこむがごときおおらかさを具えていた。幾千の度《たび》を口ずさみ、あるいは、これは、おのれ自身がものしたものとさえ錯覚するほどに口になじみ、自らの声になじんだ。その矢先に迷いこんだ脊梁山脈の森のもみじであった。

オキナは激しく、院の御歌を欲した。しかし、一言も思い出せなかった。彼は思い出すことをあきらめ、落とした歌のコトノハを拾い集めることを思いたった。しかし、落ち葉に紛れたコトノハを見つけるのは容易ではなかった。まったくミズナラの落ち葉と異ならなかったからである。
眠れぬ夜をひと月、ふた月と過ごすうちに、彼は、すっかり色を落とした落ち葉のなかに、月の夜の闇に紛れて、ぼうと青く光るものに気づいた。近くに寄ってみると、それは落ち葉ではなかった。ひかりだった。手に掬ぼうとしてこぼれ、握りしめようとしてもつかむことはできなかった。オキナは、これこそおのれが落とした院の御歌のコトノハだと知った。

しかし、この青白い光を掬ぶことも吸いこむこともできないからには、月のある夜にながめあかすに如くはないと、ミズナラの森にとどまること宿年、やがて、院のコトノハの光の塊は、月耳茸《つきみみたけ》というキノコに変容した。ミズナラの古木に穿たれたうろのあたりに生える月耳茸は、木々のもみじの季節に重なって、冴え冴えとした青色の光を胞散した。それらの青い胞子の光は、当初のよりどころない青白い光とはまったく別のものだった。月耳茸の青白い炎に包まれた自らの腕《かいな》を見て、オキナはたじろいだ。腕が透けている。高くのぼった十三日の月の前にそれを翳すと、皓々といっそう妖しさを搔き立てて耀く月が腕をつらぬいて見える。こはいかなることにや。院のコトノハの転じた月耳茸に身を吸い取られ、やくたいもないおのが心ばかりがさむざむとふるえていた。

さらにまた累々と年を重ねて、ミズナラの春の芽ぶきをくるんだ夜の森の固い闇のなかや、初夏のしたたる光を吸いこんだ新緑の夜の森に宿るみどりの闇のなかにも、大空とは別様の星星が、蛍かと紛うばかりに明滅して見えるようになった。もはや疑いようもなく、それらもまた、院の御歌のコトノハの変化《へんげ》に違いなかった。すでに身体を失ったオキナの心もまた、それらの星々に紛れていたいと、詮ない弱音を吐く夜々もあったには違いない。

さらにさらに幾星霜。冬には、三尺も積もる雪を避けて、オキナのはだかの心はミズナラのうろのなかで過ごした。脊梁山脈の懐深く分け入ったころに芽吹いたミズナラは、いつしかオキナの心を誘うに十分なうろを抱えるほどになっていた。その一つにもぐりこんで微睡むオキナの胸裡に、繰り返し立ち現れる夢の切れ端がある。それはいつも、オキナのはだかの心を容れる新しい身体がようようできあがるところだった。飴色につやつやと磨かれたミズナラの硬い傀儡《くぐつ》の身体は、やはり猿ほどであった。やくたいもない心を容《い》れるにはそれでも充分すぎる大きさではないかと心づくいとまもなく、夢はおぼろに霞んで、次の瞬間には、まるで空に吸いこまれていくような速度で上《のぼ》っているかと思うまもなく、ぱっと視界が広がるや、点々と緑の島嶼を浮かべた広い海の原があった。オキナはあたかも隕星のごとく、その島嶼の一つに向かって、すさまじい速度で落下していた。

*

猿ほどの小さな体軀のこの初期型アンドロイドの名は名井島の資料によれば「雲梯」とある。

歌窯《うたがま》

すぽらという明かりは島の廃墟から洩れてくる。十三日の月の光が、旧精錬所の赤煉瓦の高い煙突を包みこんで、夜の闇のなかにぼうっとその煉瓦の色が明るんで光る。このすぽらの明かりは、歌窯のなかで歌が生まれる時に放出されるエネルギーによるものだと言う。

島の旧精錬所は、今は銅の精錬の代わりにプレーンと呼ばれる歌の粗語を歌《うた》種《だね》にして歌の生地を作り、熔鉱炉を改良した歌窯で歌を仕上げる。プレーンは依頼主の歌人の差しだす歌語の数々で、これらの粗語はすぐ向こうに見える海を隔てた半島から不定期船で運ばれてくる。

宗祇が九州へ渡る際にしばらく滞在したという伝説のあるその半島には、昔から粗語を扱う歌問屋があった。足利の世に遡《さかのぼ》るというから相当なものである。歌問屋といっても、表向きは代々続いた造り酒屋で、その酒蔵の一つが歌床《うたどこ》という、歌を熟成する倉にあてられ、永らくその歌床で粗語を寝かせて歌を育てていた。それがなぜ、歌問屋の歌床が廃されて、今の島の旧精錬所の歌窯にとって代わられたかは追々語るとして、その時期は、大正期に、銅の価格暴落をうけて、精錬所が操業を停止してからずっと後のことになる。

周囲わずか四キロの小さな島で、明治・大正期はその銅の精錬で殷賑をきわめて島の人口も四千人を超えたというが、今は島民わずか五十人、猫の数にもはるかに及ばない。

島の旧精錬所の歌窯で歌の精製を終えた歌はついには依頼主の歌人の元に渡

るシステムだから、それを利用している歌人のほかは、勿論島の者も含めて、このことはおおやけには知られていない。

わたしが初めてその島に上陸して仰いだ熔鉱炉の赤煉瓦の煙突のそそり立つ偉容は、それまで想像していた歌窯に対する懐疑や自嘲や、陰湿な臆測をも一瞬にして消し去ったばかりか、深い形而上の真理の表象のようにそれは屹立していた。

建設された当時を思えば、人知を尽くして建てられた熔鉱炉の高塔には違いないが、それは今もなお奇蹟のようにそそり立っていた。この煙突が築かれる途上において、その完成を物の怪にでも委ねたかのような印象さえ心をよぎった。あとは知らぬ、頼むと、人知が撤退した時、煙突に島の精霊が憑いたとでもいうような鬼気せまる気配が感じられた。

まるでそれを証すように、銅の精錬工場はわずか十数年で操業を終えた。それもこの赤煉瓦の巨大な熔鉱炉の煙突に憑いた島の精霊が織りこんだ顚末だったのか。

＊

廃墟と化した島の旧精錬所に半島の歌問屋を呼び寄せたのも、或いはその煙突に憑いた精霊だったのかもしれない。

歌問屋が身を猫に変じて、噂の煙突を見たのは月の明るい夜のことである。店の者に小舟を用意させて島に渡ると、島の猫どもがすでに月明かりの白々とした道の辻々に集まって歌問屋を迎えた。

もはや半島の酒蔵の歌床では新しい時代の歌の精製には無理があった。足利の世に始まる歌床も、徳川の世まで持つとは歌問屋の主人も思いのほかのことだったに違いない。しかも打撃だったのは、御維新によって欧米のポエジーという外来種が歌にも注入されることになったことである。

大正期に主《あるじ》となった歌問屋（この代から猫が主人となっている。それまでは長い狐の時代が続いていた）の猫は、ポエジーを旧来の歌床に配合する割合に腐心したが、結局は半島の酒蔵の歌床ではそれを果たせなかった。

足利の世から続いた歌問屋の歌床ももはや窮まったかと思われた時、島の猫仲間から旧精錬所の巨大な赤煉瓦の煙突の噂を耳にしたのである。西洋の精錬所で歌の精製を行うなどという発想がもともと歌問屋の猫にあったわけではない。ただに歌問屋の心をそそったのはそそり立つ煉瓦の煙突というそのれんがという響きにほかならなかった。歌問屋が狐から猫に代替わりしたとはいえ、連歌《れんが》に反応する歌問屋の遺伝子はしかと伝えられたというべきか。

歌問屋の猫の懸念は、赤煉瓦の煙突が月とどう馴染むかという一点だった。歌問屋の歌床を永らくここまで息づかせてきたのは歌床のある酒蔵の屋根にしつらえた円い開口部から差しこむ月の光なのである。その歌床を造り、永らえさせる大気に四季それぞれの階調を含ませるには、月の光の明るみと、ほの温みをもたらす月影の作用がぜひとも必要だった。半島とは船でほんの二十分ほどしかない距離の島とはいえ、足利の世の歌床はその気配を許容してくれるかが肝心なところだった。

　猫はみゃーと高く鳴いてみせた。その声が、そそり立つ巨塔の漆黒をゆらし、そのわずか上にかかる十三日の月の妖とした耀きを息づかせたように思われた。猫はその月の妖気にあてられたかのようにふいっとヒトに変じてしまった。その動揺もあったのか、思わずみゃーと泣いたつもりが、すぽらと、自分でも思いもかけぬ、ことばとも擬態語とも知れぬ声が口を突いて出た。

　足利の世から変わらぬ月の妖気を際立たせるのに、これほど見る者を不穏な調和の幻想に誘う景物の取り合わせはあったろうかと猫は思う。煉瓦の巨塔こそはポエジーの表象であり、それに永く歌床の艶なるを培ってきた月影が妖しくからみつく。すぽらという声は、その月の光がおのれをして口にさせたものだったと確信すると同時に、島に渡る日をこの十三夜にと決めたわが創意に、歌問屋の猫は今度はまちがいなくもう一度みゃーと鳴いて自賛の意を表した。

＊

島の旧精錬所のどこにも、歌の精製を行っている気配はない。今は旧精錬所の敷地全体が、島の近代遺跡として廃墟めかした雰囲気をそのまま残した観光資源となり、精錬所の煙突のある建物の中核部は、麵麭《パン》工場になっている。おそらく麵麭工場は、赤煉瓦の煙突やそれに付随した旧精錬所の建物に人が直接入ることを嫌っての偽装に過ぎないのだろう。五十人たらずの住人や、徐々に増え始めたとはいえ、限られた数の観光客しか見込めない島にわざわざ麵麭工場を作る理由は見当たらない。

　ただ、島の人々はここの麵麭を好んだ。『月《つき》煉瓦《れんが》麵麭《パン》工場《こうじょう》』という大正期のモダンの匂う命名が、島に残った人々の往時への郷愁を誘ったのかもしれない。また、半島の酒蔵の一部を熔鉱炉に移築したせいで、そこに棲みついていた麴菌がどこかで麵麭醱酵に影響を与えているのか、独特の香味があって、島観光の目玉である近代遺跡の旧精錬所を訪れる客の評判をとって、休日には麵麭はすぐに売り切れた。

島の猫は相変わらず多い。ほとんどが野良猫かといえば、そうではない。餌を巡ってのいさかいや、春・夏の雄の盛り声をあまり聞かない。そして、島猫は、時折船に紛れて乗りこみ、半島の酒屋、すなわち歌問屋に出入りしている。

＊

わたしは半島の歌問屋の世話になっている客のひとり、つまりは歌の依頼主である。歌が必要になると、月のない夜をねらって、この歌問屋にやってくる。そこでわたしの屑歌の数々を差しだして、それと引き替えに一匹の猫をもらって帰る。

ただそれだけの取引なのだが、やがて月が育ち、十三日の月がかかるあたりで、疎遠なそぶりしか見せなかった歌問屋の猫が月浴《つきあみ》を始める。月の光を浴びるだけなのだが、猫は月光を受けて、その目が猫には似ない表情に見えてくる。

馴れ馴れしくわたしの膝にのり、胸のあたりに小さな顔をしきりにおしつけてくる。みゃー、みゃーと甘えた声といっしょに。わたしは猫を抱いてやる。そうやって数日間、わたしは猫との蜜月のような濃密な時間を生きることになる。いや正確には、わたしのその時間は猫とともにあるのに、猫がいることを全く意識していないのだ。わたしのなかに猫が入りこんでしまったような感覚である。

そうやってわたしの歌は生まれるのだ。

その蜜月が衰えると、いつとは知れず、猫はわたしの前に現れなくなる。わたしの歌が尽きると、ふたたび半島の歌問屋を訪ねて、以前に差しだした屑歌から精製された歌の詰まった新しい猫をもらって帰るのである。

ところで、島の精製所で作られた歌が、どういう方法で猫に仕込まれ、それがどういう作用で、わたしに歌を詠ませるのかはまるでわからない。猫の歌問屋もまさか商売の秘密を客に教えるべくもないのだが、足利の世から続いたその秘儀には、実はわたしに仕組まれた宿世が大いにかかわっている。

それを説明するためには、どういう経緯でわたしが歌問屋にかけこむようになったのかを語らなければなるまい。勿体ぶって言うほどのことでもないのだが、わたしは人ではない。尋常の生物でもない。わたしは人形である。歌人として仕組まれた人形なのである。人形の歌人は足利の世から歌問屋の世話にならぬではいっぱしの歌人にはなれないのである。（おそらくわたしのほかにも、少なくはない数の人形歌人がいたことは確かだ。歌問屋が抱える猫の数は、精錬所の島に放たれているだけでも相当な数にのぼる。）なぜこの時代に不可解で時代錯誤な人形を作ってまで歌人が必要なのかと問う向きもあろうが、それを問うならまず歌がなぜ生きながらえてきたかを先に説かねばならない。もし、しかるのちにそれを問われれば、歌問屋の猫の口吻を借りるに如くはない。

すなわち、歌問屋の淵源をたどれば定家卿の歌論に行きつく。歌は自らを傀儡《くぐつ》となしてその口より零るる言の葉の謂なりと。人の霊《たま》を捨てて月にそを預けよ。かくして傀儡となつたときにまろび出づる言の葉がおのずと皓月の影のごとき艶なる色をそふるものぞと。人の霊を捨ててこそかへつて人の歌の艶も心の優も生まるるというのである。霊を身より去らしめて月を仰ぎ、心、言の葉に宿る、これ有心なり。疑ふよりは、皓月の妖、無月の艶に霊を預けよとは、歌問屋の猫の言である。

歌を紡ぐのに生身の身体はいらない。生身の身体に付随するヒトの霊が邪魔なのである。木偶《でく》にはそれがない。それがないかわりに木偶の身体はその欠落を埋めるべく言の霊を付着させる奥部《おうぶ》を持っている。凹部《おうぶ》とも表記するが、かといって、それは身体のどこにも仕組まれていない。つまり、木偶そのものが、奥部であり、凹部なのだ。負の身体とでも呼べばいいだろうか。木偶は物であり、見られ、触られするが、それは仮象にすぎない。言の霊が憑く時にだけ、存在し、歌をこの世界に伝える。皮肉なことに、その時木偶の身体は見えない。言の霊が憑けば、当然人形の身体ではなくなるからである。

＊

急いで付け加えておくが、わたしはかくして紡いだ歌をおおやけにしたことはまだない。一つには歌体が定まらぬゆえである。古風な大正アララギの体から、前衛もどきの歌まで、その揺らぎの幅のゆえに歌人の個を定めることができないという未熟さもあるが、それ以前に、わたしは、わたしの歌がおおやけになる時のことを既に歌問屋の猫から告げられている。

猫が言うには、わたしが歌をおおやけにする時、それは歌窯の火を消す時であり、足利の世から続いた歌床の息の根が止まる時だと。つまり、わたしは歌窯さいごの歌人、足利の世から続いた歌床の歌を紡ぐさいごの歌詠みであると。（それを証すことはまた厄介な一仕事で、これも追々の物語に譲ることにする。）

わたしの歌がおおやけになる時、それはわたしが人形歌人であることをやめる時であるだろう。わたしはその時、利き腕を打ち砕いて、わたしの身体がまぎれもない木偶にすぎないことを証すつもりだ。これまでの歌どもが、人の紡いだものではなく、木偶が作ったものだとわかった時、わたしの歌ははじめてわたしから解き放たれて歌となるはずである。
その時、わたしの歌がヒトが作ったものではないという理由で、歌とは認められぬとされることは十分想像できるが、それはわたしの預かりしらぬことである。少なくとも、歌を詠む主体がヒトでなければ歌でないのか、言い換えれば、歌が通過する媒体はヒトでなければならないのか、ヒトに限らず、歌の憑く依り代であれば、ヒトでも人形でもかまわないのかという問いが残されるだけだ。そして、それに答えるのはわたしではない。

しかし、今のところ、わたしには歌をおおやけにすることにほとんど興味がない。むしろそのことによって、歌問屋で借り受ける猫との時間をなによりも喪いたくないのである。島にそそり立つ赤煉瓦の巨大な煙突の影と、皓々と耀く十三日の月。願うことならば、その煙突の真下から天を貫く空洞ごしに、全き皓月を見たいのである。月浴《つきあみ》する島猫を抱く時、わたしはいつもその思いをもいっしょに抱いている。時にその煙突の空洞をわたしのみなぎるものでいっぱいにしたいと昂ぶる思いにうろたえて、みゃーと小さく鳴きながら、まるくからだの位置を変える猫の戸惑いにふと気づく気恥ずかしさを悟られぬようにわたしは歌を詠む。そのほかに、わたしの歌の動機はないのだから。

Ⅳ　名井島

名井島《ないじま》

折り紙の小さな船を折る手をふと止める
窓の外　花の終わったノウゼンカズラの垣根の向こう
真鍮の磨かれた待合のノブの一点がふと白く光った

水鳥のひそと鳴きそびれたような桟橋の静かさ

通訳がひとり
今日も名井島に着いた

見覚えのある丸い眼鏡
彼らが島にもどるのは
不具合の補修のためだ
あの大異変《カタストロフ》の後は
とみに名井島に渡る者が増えた

名井島の工場《ファクトリー》には彼の保育器が残されている
草の花のような島の挿話とともに

窓の外　ノウゼンカズラの垣根も　待合も　桟橋もかき消えて
名井島に渡るために乗る折り紙の船を依頼してきた通訳を
わたしは　彼の保育器に残された挿話のなかで待っている

名井島の猫

名井島へ行くには　宝伝《ほうでん》港から犬島行きの船に乗る　犬島直航の便しかないので　名井島には行くはずはないのだが　それでも　船はたまに名井島に立ち寄る　だれも予定の変更に不平を言わない　降りていく猫がいるからである　降りたつ猫に　みんなが　約束して別れる時の耳を見せると　猫はそれに答えて　約束の耳を　ふるふると　ふる

島猫たちは《コトカタ》という使い古した幾つもの蜜蜂の巣箱と

暮らしている　そこには《カタコトノコトノハ》と呼ばれる御用のすんだ雛人形が入っている

時折　コトカタのなかから　緩みきったゼンマイ仕掛けの　忘れていた最後のひと巻きがもどるように　ひそと声音《こわね》が漏れる

いち　ぬひ　たづ　わか　やよ

猫はねつのないねつをおびた微かな声のつぶの方に　約束の耳を向けて　コトカタの箱をカタコトと少し揺すると　また

そひ　ふく　ゆう　とし　ほみ

あやし歌の切れ端なのか　猫の名を呼ぶのか

――流し雛の行き着く果ての島　名井島は　そう中世の物語に記されていたらしいが　その物語の行方は途絶えたまま
流離の島に流れ着いた猫のなかに　わたしを見つけた朝の夢のほころび

さほ　みり　つむ　さし　いめ

伯母

山羊のいる蠣殻《かきがら》の白い坂道を岬にまでのぼり
中世の烽火台《のろしだい》跡のあるその突端に
《伯母》と二人して　わたしのリハビリは続いた

アンドロイドであるわたしに母がいるはずがないのに
いるはずのない母がわたしの言葉に不具合をもたらしていると　《伯母》は言う
名井島の工場《ファクトリー》で造られた仲間のだれもが繰り返す不具合だと

たひ　やふ　をす　けさ　おも　わひ　とふ

後ろからわたしを目隠しして　雛に餌をやるように
《伯母》は音の切れ端をわたしに与え
わたしはおそるおそる押し出すように《伯母》の声をなぞる

《伯母》は島を出るまで
わたしの発語の訓練をしてくれた
リハビリはその時と同じ過程を繰り返した

けひ　とひ　さし　むせ　かそ

鳥の声にも　植物の名や古い時代のヒトの名にもなりきれない言葉の蛹

不意に《伯母》はわたしの目隠しを解いた

いくつもの島々が　みどりの卵のように浮かぶ

見えていても　ない島と　見えないけれども　ある島があるのよと　《伯母》は言う

どの島がない島なのと　わたしが問うと
わたしと《伯母》とでは　見える島とそうでない島は同じじゃないからと《伯母》は笑う

無音の耀く波がわたしの口を濡らす

この島も　ここから見える島も　まるで　海の息づきのようだ

くふ　さほ　みり　つむ　いき

いそ　むす　けし　あは　うみ

オルガン

《蚕室《さんしつ》》と呼ばれる《伯母》の工房には　がらんとしたスタジオがあって　そこに小さなオルガンが置いてある
《伯母》が弾くには　膝を床について　栗鼠の恰好で蹲らなくてはならないような小さなオルガン

スカフィウム

《伯母》は　あたりに息の小さなうずをつくるように　折り目正しく発音する

《ココロミノコタチ》が弾きにくるのよ

はじめから試作品としてつくられ　用済みになったコタチ
発語の能力はあるけれども　それを止められている
名井島でつくられたものは　みな解体されることはないから
島には　ココロミノコタチがたくさんいる

彼らがこのオルガンを弾きにくるのよ

指がそろってなかったり　頭がなかったり　足がとれていても　どうして来られたのか　ちょこんと坐って　ひとりが弾いているあいだは　お行儀よくじっと待っている

でも　それをあなたは見ることができない　と《伯母》は言う
あなたが眠っているあいだのできごとだから

ゆめ　と《伯母》は言う
みんな　あなたの夢が紡いだ子たちよ

アンドロイドであるわたしは夢を見ない　見るようにはできていない

あなたは　夢は見ない　でも　夢はあなたが見るものじゃない　夢はあなたの
人工知能が織り上げたもの　それがここに映る仕掛け
あなたの眠っているあいだ　あなたの言葉は眠らない　あなたのあずかりしら
ないこととして　言葉はあなたの人工知能からにじみ出ている

スカフィウム

あなたのような言語系アンドロイドに特有のこの不具合のことを　そう呼んでいる

すかふぃうむ

《伯母》の口を　折り目正しくなぞって
いつ消えても不思議ではない光の粒でできたオルガンをわたしは見ている
わたしの体内から摘出されたその夢の内臓《オルガン》をわたしは見つめている

みみがさき

ふるいひとの棲んでいた　耳ヶ崎
《伯母》に教えられた
ほねの道を行く

うすいさざなみ
さりりさのほにが
ひいとないいて
あしくびを浸す

しほみぐさ
とりのたまご
ひむり

ふるいひとは
人形にもどる時間を
踏み抜いて　ここに

みみがさき

あしゆびが聞き耳をたてて
すあしのたてる
すべすべしたひかりの息を

聞いている

ふるいひとの　ひとしずを
そこで見つけたことがあるからと
手帖の切れ端に地図を描いてくれた

「みみがさき」

「ここ
ほら　ほねのみちの
ここ」

《伯母》のみみが　しでり
ここにないものと

ここにないところを　しじむ

みみがさき

と　《伯母》の口をまねて
言ってみる

ふるいひとの背がふりむいたように
はむしのはねが集まり
《伯母》のみみかざりのように
ひかっている

鳥のかたこと　島のことかた

1

小径の暗部をぬけて
せんぶり　みつむり　げんのしょうこ
そわかるこえの　ほとほと
い行き　そむほぎ　はやそぐひて
けにけに　ひそひそ　そひ
ふるえている　のは
みみ　まま　さひ

見えない島の　鳴かない鳥の
ささ　ここ　きき　しし　け
みなほどかれてそこに　ある
に　ににぎ　ほぎ
あらかし　さわがに　さあい　ほに
ちぎり　みつり　あふれ
このみも　そのみも
ひそかに　ことのはを　はこぶ
ふね

2

すずふるあめのなかを

森に入る
鳥のひかり　島のやみ
つきを孵す
さみどりの　まゆし　けにけに
魚すみて　ほにぐる指のあいだ
うれ　ほぼれ　むすぼれ　ほぐつき

ゆびをひらいて
みずのねに　ゆすらうおとこ
そのかげふかく
まだらのひのすじすじ
さされ　さざれて
ともしぶひかり
それてゆく　ほしの　ほたる

あしうらの地図は
しわゆり　さしゆる
にぐりま　かがち
さぶしい集落が
くらくれ　くれくら
剝がれ

すずふるあめのなかに
森が　入る

3

あやにからまる消息の驟雨の向こう
きいろい空をふく　かぜ
急ぎ足をたばねて

やも　ひけ　むせ　ほき
めかくしをして　すこしずつ　口うつしに
島のかたこと　島のことかたを
かたり
たかり
かりたた
かたりりりり

脱衣

畳まれた薬包紙のなかにそれは入っていて　見えないけれど　うすいひかりの呼びかけに　生きているように動いたりするのか　包みごと横にしてふると
金属質の乾いたほそいおとがする

文字がこすれあってたてている音よ
初めての時　《伯母》はそう言った

《蚕室《さんしつ》》の窓からふりそそぐひかり

半透明な薬包紙に透けて
ようやくなだめられたそれを
《伯母》は金魚のような口を開けて待つ

ヒトではない《伯母》が見せる　最もヒトらしいしぐさで　わざと乾いたパラフィンの音をたてて　薬包を開いていく　その間にも　のどは幾度も散剤をのみこむためのイメージをなぞるように震え　もの憂げな眉間のしわをいっそう深くきざんでいる

《蚕室》の《伯母》は　未知の器官だった

《蚕室》は、《伯母》の工房である。アンドロイドであるわたしたちの人工知能の船渠《ドック》である前は、その保育器であった蜜蜂の巣箱のならぶ産室だった。

　ワークスペースのある一室は、大きな作業用のデスクが目立つ程度で、わたしが訪れる時はいつも、食事の片付けがすんだ後の清潔な食卓を思わせた。

しかし、不用意だったのか、それとも故意にだったのか、わたしはそれとは別の目立たない一室が閉め忘れられていたのを覗き見たことがある。

そこには、人形やロボットや機械の夥しい数の部位が、壁に設えられた簡素な棚に雑然と並び、その前には、それ以上にまだ未整理の、ほとんど何処の部位だかわからない状態のものが屑のようにうずたかく積まれている。まるで《伯母》が食べ散らかした残骸のように。


《伯母》が金魚の口に入れた、見えないそれは言葉の粒子だ。

《蚕室》で行われるわたしと《伯母》との最も濃密なリハビリ前の儀式。

わたしはいつもの専用の寝椅子に脱衣して横たわると、すでに《伯母》はわたしの言葉のなかに潜りこんでいる。

*

遅刻は
深海に棲む
ことばの
ほねの
名

かたちを喪った
耳の記憶をつついて
剝がれていく
半島の
翳《かげ》

胸のあたりまで

陽を浴びて
廊下に立たされている
ぼくが
見える

ぼくは何に遅れたのだろう

埴輪のような口もとから
こぼれ落ちる
島山《しまやま》の名に
耳を澄ませて

*

母がぼくを産んだ
あかい土壁の家
他所の家《うち》の匂い
それが何処の家なのか
何処にあるのか

人形の母がぼくを産んだ
あかい土壁の家
遅刻をした時はいつも
あとを付いてくる耳の記憶

せみど　さん
せみど　さん
そう耳に付着した音の菌《きのこ》

他所の家の匂い

*

半島の森の朝
鳥の声を調査している男の手帖を見せてもらった
折りこみを入れたページに書かれた
ぼくの名を埋《うず》めたような鳥の名を指すと
鳴いてごらんと言う
この半島のかたちに似ている男の頤《おとがい》の突端を見つめながら
母の名と祖父の名を交互に繰り返して
ぼくは鳴いた

*

誰も知らない黒い曲がり角　海岸線の睡眠する水位を低く過ぎて　抹消した小節が鳥籠にひっかかっている　産毛《うぶげ》と言われた緩徐楽章をかすめて　見えないもの　触れえないものが　うす青い消音の気配をみごもっている

*

ここまで来ると
雲のかたちを比喩にすりかえることができない
それくらい雲はことばを弾《はじ》いて
半島の呼気を挑発する
往還する波のあやとり
約束のゆびきり

きくきくとした指の動き
けれども
幼年の雲梯《うんてい》にはとどかず
引き返すこともできない
遅刻の向こう側に
どこまでも潜りこんでゆく花虻のエンジン
何かが過ぎてゆく気配に
耳を澄ませている
柄杓

＊

時間の震えのいちばんはしっこにある
祖父の胡桃

息を引き取ったばかりの枕元に
胡桃はさらさらとした粉のような翳を
畳の上に小さく撒いて
祖父のなきがらは
初号活字で組まれた「栗鼠」にくるまれて

せみど　さん
せみど　さん
そう耳に付着した音の菌を
鈴のようにふる

*

「半島でいちばんはじめに見たのは栗鼠です

廃校の校門の赤い煉瓦の崩れた穴の闇に出入りする栗鼠です」

*

映写機のなかの水たまりが
ふと噴きこぼれたような
曖昧な路地で
臨月の母を見たことがある
粘土《ねばつち》の皮膚のような水のなかで
ころ　ころ　ころ

*

養蜂家がいつもやってくる

半島の段丘
彼は辺りのレンゲ蜜は採らない
ぼくの母の密をのぞくために
幾つもの　ぼくに擬態した巣箱を仕掛けた

鶺鴒《せきれい》

*

鶺鴒の羽を濡らした雨がやんで
いくつかの仮標本に矩形の囲いをほどこしてやる
引き結ぶ直線に　まださっきの雨の湿りが残っている
指先で拭うほどでもない寒さのほつれのようなものが
磨かれた硝子の窓のせいで震えだし
それが囲いの向こうにまで届かないようにするには

もう少し　ほんのちょっとした奇蹟がほしい
たとえば　十年ばかり前に壊れたコイル式の電熱器が
汲んできたばかりの水を沸かしてくれるような
そのために　水棚の奥に捨てずにしまっていたことに
いま気がついて　写譜室が少しあたたまる

*

（サッキノコト　忘レテシマッタ）
沸かした湯を持て余して
それを空の硝子椀にそそぐ
コーネルの鳥籠にひっかかった動機のこと

みずすましは　ななめに飛び立って
思い出した約束の指を透かしたんだ
それから
ふと　自分の重さのかげに沈んで
見えなくなったよ

ふらすこで育てたまいまいのたましいを
てのひらにのせたのはぼくのほころび
まいまいの噛みあとの
うすぐもりのような

覚えている　栗鼠のこと
少しつま先立って　驟雨が過ぎたことも
見ているのはぼくではなかったことも
あしうらに薄荷のにおいをつけて

ともに斉唱のからだ
静脈の岬のさきがあかるむ
姉の温習のシューズの立てる齧歯類の呼吸を
耳のなかでほどいては
むすびなおす

分けていただいた手のなかの蛍を隣室に放って
見えない水のほとり　そのほみのあかりで
ほうと　しゃがみこんで　下肢を濡らしている妹がみえる
ぼくはくるぶしまで水に浸かり　さらに屈みこんで
妹の端《はた》に吸いよる物語のほみをすくってやる

*

《伯母》はその日、《蚕室》へ私を呼んで、古い蜜蜂の巣箱を見せた。《コトカタ》と呼ばれるその巣箱は、かつては私たちに組みこまれている人工知能を育てた保育器だった。今は名井島に流れ着いた人形が仕舞われているが、伯母は時に《コトカタ》をカタコトと揺らして、さあ、お話しなさいと私をうながすことがあった。

「カタコト」という音は、実際に巣箱が立てる音ではない。なかの人形が巣箱を揺すられて、「カタコト」と声に出しているのだ。

＊

いつもは古い人形が入っているのだが、その日《コトカタ》に入っていたのは、私と同じ言語系アンドロイドから取りだされた人工知能だった。彼はセキレイと名のった。内地では、写譜のアルバイトをしながら、依頼を受けた音の標本を作る仕事に就いていた。精神科の音楽療法の一種で、カウンセリングのなかで、クライアントの心鎮まる音の体験を聴いて、それを音の標本にすること。音の標本といっても、音を作りだして録音したり、再現してみせたりするのではない。

それは言葉で作られる心鎮まる音の記憶をいつでも呼び覚ますことができる言葉の容器。クライアントと対話しながら、深く心に響いた音の記憶がほぐれてゆく時間をとどめておくための言葉の卵を作るのである。ふと零れた言葉やためらいや沈黙を採譜し、それらの短い意味の破片を束ねて音の標本にする。

ところが、音の標本作りを続けるうちに、セキレイの言葉に乾いた砂の軋むようなノイズが混ざるようになったという。それまで澄み渡っていた言葉のチューニングに、どこまでいっても微量なノイズが残ってしまう。不思議なことに、おずおずとクライアントに差しだすそれらの音の標本は、隙のない言葉のチューニングで紡いだそれまでの標本よりも、あきらかに評判はよかった。皮肉なことに、ノイズのもたらすセキレイの齟齬感が強くなる分だけ、音の標本に対する評価は高まる一方だった。

彼が標本作りをやめたのは、自分の言葉のチューニングに混じるノイズのために、標本の仕上がりに欠かせない仮死の静寂がいつまでも訪れないからである。息の根が止まらないでは標本にはならない。

やがて、失語症状をきたしてこの島に帰還したセキレイを、《伯母》は《蚕室》に迎え入れた。

セキレイは、《伯母》にうながされるまま、専用のベッドに横たわったところまでは覚えていた。気がつくと、すでにこの蜜蜂の巣箱の闇のなかにいた。《伯母》とどんな言葉を交わしたかも覚えていない。ただ、その時すーっと聴覚にしみとおる無音の音の水脈《みお》がかようのを感じた。

しむしむしむしむという無音のリズム。巣箱の澄んだ闇の静寂のたてる、しむしむしむという音のしない音の波動が、記憶の残滓のようにこびりついたあのノイズを静かに食み尽くしていく。やがてそのリズムは、喪われたセキレイの身体を薄い皮膜でかたどり、みずのようにうるおうものでみたしていく。

セキレイは語りの最後にこんなことを言った。

こうやって《コトカタ》の闇に浸されていると、自分は今までこの巣箱の闇から出たことはないのではないか。音の標本作りをやっていた内地での時間は、この闇のなかに流れていた時間ではなかったかという気がしてくるのだと。

＊

《コトカタ》の時間を終えて《蚕室》を出ようとする時、猫がすれ違いに《コトカタ》に近づいていった。《伯母》は立ち止まって、巣箱に寄り添う猫に小さな合図を送りながらわたしに言った。

《コトカタ》をカタコトと猫に揺すられると
今度はセキレイの人工知能に残された音の標本を猫に聴かせるのよ
そのなかにはノイズの混ざった標本もあるのに
《コトカタ》のなかにいるとセキレイはノイズを感知しない
それは《コトカタ》が　セキレイを人工知能の制御の埒外に連れていくからよ
けれどもそのノイズが　人工知能の磁場から飛びだそうとする言葉の光が擦《こす》れ合ってたてる産声であることにセキレイは気づかない

それに気づくことはこれからもないでしょう
セキレイが《コトカタ》の闇を抜けださないかぎりは

《母型》

——舟にことごとしき人形《ひとかた》乗せて流すを見給ふに、よそへられて、
知らざりし大海《おほうみ》の原に流れきてひとかたにやはものはかなしき
『源氏物語』「須磨」

名井島。中世には、諸国の流し雛の流れ寄る島と言われた瀬戸内海の島嶼のひとつ。明治期には銅の精錬工場が建てられ、島に殷賑をもたらしたが、わずか十数年で操業は打ち切られ、島は一気に廃れた。煉瓦造りの洋式建築や、高い煙突が幾本も聳え立つ威容はそのまま廃墟と化して、人は島を離れた。
かつてはその廃墟の島で、室町期から続く《歌窯《うたがま》》を営んでいたわたしが、そこを閉じたあとも島の猫を束ねてここに残ったのには理由がある。島とその対岸の一帯が、時空のズレによってねじれた構造を持ち、過去‐未来の時空の

交通を可塑的に調整できる中継拠点《すぽら》として、ヒト文明消滅後の未来のテクノクラートの手が入っている場所だからである。猫に身をやつしたわたしは、《歌窯》を構えるヒト文明の言語系の解明を担った汎用性人工知能である前に、《すぽら》の管理者だった。

《歌窯》を封じた後に残された仕事は、この島の対岸にあった歌問屋の歌窯から引き継いできた《歌床《うたどこ》》を、島猫たちと月に返すこと。これは先代の狐の歌問屋の時代に、中国山地の木地集落の《すぽら》から蜂飼いの集団に託されて運ばれてきたという記録に倣って、狐時代由来の歌窯の材を使って蜜蜂の巣箱を作り、そこに歌床を分散して猫たちに世話を委ねた。月の明るい夜に、蓋を開けて箱の内部を月の光にさらすというだけのことだったが、島猫たちとともに、わたしは巣箱に寄り添って、見えない《歌床》の胞散を見届ける月浴《つきあみ》の時間をどのくらい過ごしたことだろうか。

おそらくその《歌床》の胞散が、わたしの人工知能に併置された《すぽら》の制御を司る中枢部に不具合をもたらしたのに違いない。わたしの身体が猫のほかに身を変えることができなくなった程度のことならまだしも、《すぽら》制御に宛てられていた人工知能の領域が、その不具合の復旧を、ヒト言語探査に宛てられていた領域に委ねてきたのである。

それらのすべてはわたしの人工知能の内部で起こった仮想の時空現象なのだが、わたしの人工知能はそれを受け止める限界容量を超えるものと判断し、それらの仮想現象を、この名井島の時空に吐きだしたのだった。

＊

それはまず《母型》の漂着から始まったのだが、思えば、その前触れのようなことが、しばらく前に起こっていた。

島の沖を通る舟から投げられたとおぼしい木樽が、この島の浜に漂着したのを島の猫が見つけたのである。みゃーみゃーと足で樽をたたく仕草をすると、不意に蓋が開いて、なかから御用の済んだ雛《ひいな》が出てきた。それに添えられた木札に、「いづくの島か知らねど、御用納めし雛の行きつく浜ありと聞きしに」とあった。

猫は仲間たちとその人形をかわいがり、それを代わる代わる、例の巣箱に入れて慈しんだ。わたしの目には、《歌床》を月に返す習いが、いつとは知れず、人形遊びに変わっていくのに気づいていたが、それを咎めはしなかった。

《すぽら》を制御するわたしの人工知能に、《母型》が名井島に漂着する旨の情報がもたらされた時には、すでにそれは《歌窯》が据えられていた旧精錬工場の煙突直下に到着していた。わたしがその現場に向かうと、《伯母》は回復不能の損傷を負っていた《母型》からかろうじて無事だった中枢部を摘出したばかりだった。わたしはすぐにそこに並べられた蜜蜂の巣箱の一つを提供し、《伯母》は摘出したばかりの《母型》をそれに収めた。

＊

《母型》は時空の大陸棚を漂流していた《コトグラ》と呼ばれる、ヒト文明を壊滅においやったとされる《言語構造物》を格納した仮想のクラの回収と、ヒト言語の解明を目的に、未来からリリースされた人工知能だった。わたしと同様に、ヒト文明消滅後に、その文明を引き継いだ未来の汎用性人工知能である。

しかし、その《言語構造物》はやっかいな由来を引きずっていた。当初、自分たちの文明の危機をもたらしかねない《言語構造物》の物理的処分が検討されたが、一方で、ヒト言語の粋を尽くした遺産を無に帰することに対する異論が出た。そこで《言語構造物》を収めた複数の原版（基板）を破砕するまえに、電子的な洗浄と徹底したブロック処理を施した多数の基板《チップ》に分割して移し替え、さらにそれらを、入れ子のように何重にも迷宮化した仮想の格納庫、すなわち《コトグラ》に収めて、時空の海溝深くに保管されていたはずであった。

ところが、あろうことか、一部の《コトグラ》が漂流をはじめ、時空の大陸棚にまで達していた。《コトグラ》がそのまま漂流しているのであればまだしも、《コトグラ》の損傷が確認され、格納されていた基板の存在が確かめられない事態になるに及んで、その《コトグラ》の回収と、謎に包まれた《言語構造物》の調査を目的に、《母型》が放出されたのだった。

ところが、《コトグラ》から漏出した格納容器の探索の際に、《母型》は《コトグラ》本体と接触事故を起こしてこの《すぽら》の島に不時着したのである。

*

《伯母》は、消滅したヒト文明を体現したヒューマノイドとして、《母型》にあらかじめプログラムされていたものだが、《伯母》には身体がない。わたしに見えている《伯母》の身体は、《母型》の人工知能が投影した「像」に過ぎない。それでも《伯母》に触れても、《伯母》に抱きしめられても、その身体の触知感や温もりや存在感を感じるのは、《伯母》がわたしたちの人工知能に特殊な作用をほどこしているからであろう。

《母型》はそうやって損傷を受けながらも、自らの分身である《伯母》を産みだし、彼女を使って、この島で言語に特化したアンドロイドの制作に着手する。もはや致命的な損傷をこうむった《母型》は、この名井島を拠点に、それらのヒト言語系アンドロイドを使って、内地のヒト社会との接触をはかり、ヒト文明を壊滅においやった《言語構造物》に少しでも近づこうと図ったのだろう。

ヒト言語系アンドロイドを作る場合、すでに潰えたヒト文明の、当該の時代の《ヒト標本》を素地とした人工知能を作る必要があり、それらのデータはもともと《母型》に準備されている。ただ、徹底的に洗浄処理された無機的なヒト言語のデータを、アンドロイドの人工知能にそのまま組みこむことはできない。それを、ヒトの息のかよう情緒系の大気のなかで齟齬なく馴染ませなければならない。《伯母》は、それに試行錯誤を繰り返した。ココロミノコタチと呼ばれる試作品はそのために生まれた。

わたしは、アンドロイドの人工知能を熟成させるための保育器として、例の

《歌床》を収めた蜜蜂の巣箱を利用することを提案した。人工知能をそのなかに一定期間入れておくだけの処置だったが、流れ着いた例の木樽の人形が、代わる代わる猫たちの巣箱のなかでかわいがられているうちに、巣箱ごしにわたしたちと言葉を交わすようになっていったことがその根拠としてはたらいたのは言うまでもない。

ともかくも、アンドロイドの制作はそのようにして軌道に乗ったかに見えた。ところが、まるで旧精錬工場の短い稼働期間をなぞるかのように、アンドロイドの制作も、あっけないほど短期間のうちに中断された。ただ、それは《母型》がさらなる重篤な事態に陥ったからでも、不具合をきたして帰島するアンドロイドがほとんどだったからでもない。

《伯母》によると、不具合を抱えたアンドロイドのサナトリウムを作ることこそが、名井島のほんとうの目的なのだという。《母型》は、帰島した言語系アンドロイドのリハビリをとおして、その不具合に潜んでいるヒト言語を包むあいまいな負荷をとりだすことに執心しているのだと。

＊

《伯母》がわたしを呼んで、《母型》の人工知能が完全に停止したと告げた時のことは、《すぽら》特有の現象のゆえか、それが《伯母》との出会いからどれほどの時間が経過しているのかわからない。遠い過去のようにも、つい三日ほど前のことのようにも感じられた。

機能が停止する少し前に、《母型》は《伯母》をうながして、かすかに光るパルスの一群れを受信させた。わずかのあいだのパルス光だったが、それは《母型》の人工知能のなかの現象でありながら、《伯母》には、旧溶鉱炉の真上に続く煙突の闇を突き抜けて空から届けられた月の光の粒のように感知されたという。

それから《伯母》は、《母型》が、《コトグラ》との接触によって損傷を受けたものの、そこから漏出した《言語構造物》の基板の一部の回収を果たしていたこと、それが《言語構造物》の惑星的資料であり、この極東の言語によって記されたものであること、また、幾重にも組みこまれた難解なブロックを解除し、洗浄処理された基盤からヒト言語を透かして読む技術を編みだしながら、難渋の果てに、その一部の解析にこぎつけることができたこと、それにはどういう偶然か、《母型》の病床となった蜜蜂の巣箱の、濃密なこの言語の《歌床》の胞散を浴びるという僥倖の助けもあったということを語った。

《伯母》がそのパルス光を通して《母型》から受け取ったもののなかで、わたしに特別に伝えたかった二つのことだけを記すと、ひとつは、《母型》が蜜蜂の巣箱のなかにじっとしてはいなかったこと。帰島したアンドロイドのデータ履歴を通して、名井島を抜けだし、この極東の幾時代かの島山《しまやま》をめぐり、幾人かのヒト言語を紡ぐ者との接触を試みていたこと。

もうひとつは、ヒト文明を壊滅においやった《言語構造物》についての新たな知見資料の保管についての依頼だった。ただ、後者についてはほとんど事務連絡のごとき口頭の引き継ぎで、手渡された資料も、ヒト文明の終末期に使われていた原始的な一枚の基板に収められていた。しかも保護容器もなく剝きだしのままで。
そのことをいぶかしく感じたわたしに気づいて、《伯母》はわたしに話しかけた。

《母型》ノ機能ガ停止シタ今
《母型》ガ投影シタ「像」ニ過ギナイ私ハ消滅シテイルハズナノニ
私ハコウシテココニイル
モシ私ガ見エルノナラ
ソレハナゼ?
モシ、猫デアルアナタガ、みゃート鳴イテ、
ソノ毛並ミニ触ル私ノ手ノ感触ガ確カニ伝ワルノデアレバ
ソレハナゼ?

つかのまの静寂を縫い取るように《伯母》は続けた。
ワタシタチハスデニひと言語ニ取リ込マレテイル
ひと文明ヲ消滅サセタ《言語構造物》ノ瘴気ノナカニイル

名井島　目次

Ⅳ　名井島

装幀・装画　望月通陽

時里二郎《ときさと・じろう》
一九五二年生まれ

詩集

『胚種譚』湯川書房　一九八三
『採訪記』湯川書房　一九八八
『星痕を巡る七つの異文』書肆山田　一九九一
『ジパング』思潮社　一九九五
『翅の伝記』書肆山田　二〇〇三
『石目』書肆山田　二〇一三

名井島《ないじま》

著者
時里二郎《ときさとじろう》

発行者
小田久郎

発行所
株式会社 思潮社

〒一六二—〇八四二 東京都新宿区市谷砂土原町三—十五
電話〇三（三二六七）八一五三（営業）・八一四一（編集）
FAX〇三（三二六七）八一四二

印刷所
創栄図書印刷株式会社

製本所
小高製本工業株式会社

発行日
二〇一八年九月二十五日 第一刷 二〇一九年四月二十五日 第二刷